Gröls Verlage

„BÜCHER SIND WIE FALLSCHIRME. SIE NÜTZEN UNS NICHTS, WENN WIR SIE NICHT ÖFFNEN."

Gröls Verlag

Redaktionelle Hinweise und Impressum

Das vorliegende Werk wurde zugunsten der Authentizität sehr zurückhaltend bearbeitet. So wurden etwa ursprüngliche Rechtschreibfehler *nicht* systematisch behoben, denn kleine Unvollkommenheiten machen das Buch – wie im Übrigen den Menschen – erst authentisch. Mitunter wurden jedoch zum Beispiel Absätze behutsam neu getrennt, um den Lesefluss zu erleichtern.

Um die Texte zu rekonstruieren, werden antiquarische Bücher von Lesegeräten gescannt und dann durch eine Software lesbar gemacht. Der so entstandene Text wird von Menschen gegengelesen und korrigiert – hierbei treten auch Fehler auf. Wenn Sie ebenfalls antiquarische Texte einreichen möchten, finden Sie weitere Informationen auf www.groels.de

Viel Freude bei der Lektüre wünscht Ihnen das Team des Gröls-Verlags.

Adressen
Verleger: Sophia Gröls, Im Borngrund 26,
61440 Oberursel
Externer Dienstleister für Distribution &
Herstellung: BoD, In de Tarpen 42, 22848
Norderstedt

Unsere „Edition | Kleine Klassiker" versammelt über hundert unbestrittene Klassiker der Weltliteratur in einem ästhetisch anspruchsvollen und handlichen Format.

Die Gröls-Klassiker-Editionen gehören heute mit ungefähr tausend Werken zu den größten Sammlungen klassischer Literatur im deutschen Sprachraum. Wir kultivieren und kuratieren damit einen der wertvollsten Bereiche der abendländischen Kultur. Kleine Auswahl:

Francis Bacon • Neues Organon • **Balzac** • Glanz und Elend der Kurtisanen • **Joachim H. Campe** • Robinson der Jüngere • **Dante Alighieri** • Die Göttliche Komödie • **Daniel Defoe** • Robinson Crusoe • **Charles Dickens** • Oliver Twist • **Denis Diderot** • Jacques der Fatalist • **Fjodor Dostojewski** • Schuld und Sühne • **Arthur Conan Doyle** • Der Hund von Baskerville • **Elisabeth von Österreich** • Das Poetische Tagebuch • **Friedrich Engels** • Die Lage der arbeitenden Klasse • **Ludwig Feuerbach** • Das Wesen des Christentums • **Fitzgerald** • Zärtlich ist die Nacht • **Flaubert** • Madame Bovary • **Theodor Fontane** • Effi Briest • **Robert Musil** • Über die Dummheit • **Edgar Wallace** • Der Frosch mit der Maske • **Jakob Wassermann** • Der Fall Maurizius • **Oscar Wilde** • Das Bildnis des Dorian Grey •

Mark Twain • Huckleberry Finns Abenteuer und Fahrten • **Anton Tschechow** • Die Möwe • **Ludwig Tieck** • Der gestiefelte Kater • **Feuerbach** • Das Wesen des Christentums • **Fitzgerald** • Zärtlich ist die Nacht • **Flaubert** • Madame Bovary • **Theodor Fontane** • Effi Briest • **Robert Musil** • Über die Dummheit • **Edgar Wallace** • Der Frosch mit der Maske • **Jakob Wassermann** • Der Fall Maurizius • **Oscar Wilde** • Das Bildnis des Dorian Grey • **Mark Twain** • Huckleberry Finns Abenteuer und Fahrten • **Anton Tschechow** • Die Möwe • **Ludwig Tieck** • Der gestiefelte Kater • **Jonathan Swift** • Gullivers Reisen • **Robert Louis Stevenson** • Die Schatzinsel • **William Shakespeare** • Othello • **Arthur Schopenhauer** • Die Kunst, Recht zu behalten • **Felix Salten** • Bambi • **Platon** • Der Staat • **Arthur Schnitzler** • Traumnovelle • **Friedrich Schiller** • Wilhelm Tell • **Karl May** • Winnetou • **Franz Kafka** • Der Prozeß • Platon • Verteidigungsrede • **Jules Verne** • Reise nachdem Mittelpunkt der Erde • **Leo Tolstoi** • Auferstehung • **August Strindberg** • Inferno • **Julius Stinde** • Familie Buchholz • **Wilhelm Raabe** • Die schwarze Galeere • **Friedrich Nietzsche** • Götzendämmerung • **Gotthold Ephraim Lessing** • Emilia Galotti *und viele weitere Werke….*

Joseph Conrad

Jugend

Diese Geschichte hätte sich nirgends sonst als in England abspielen können, wo die Männer und die See einander gegenseitig durchdringen, sozusagen – indem die See in das Leben der meisten Männer hineinspielt und jeder Mann ein wenig oder alles von der See weiß, vom Vergnügen, vom Reisen oder vom Broterwerb her.

Wir saßen rund um einen Mahagonitisch, der die Flasche, die Spitzgläser und unsere Gesichter widerspiegelte, die wir auf die Ellbogen gestützt hielten. Wir waren zu fünft: der Direktor einer Handelsgesellschaft, ein Buchhalter, ein Rechtsanwalt, Marlow und ich. Der Direktor war an der Küste aufgewachsen, der Buchhalter hatte vier Jahre zur See gedient, der Rechtsanwalt – ein Tory vom reinsten Wasser, ein Anhänger der Hochkirche, der feinste alte Knabe, der sich denken läßt, dazu ein Ehrenmann durch und durch – der Rechtsanwalt also war Erster Offizier bei der P.&O.-Linie gewesen, in den guten alten Tagen, als noch die Postdampfer auf mindestens zwei Masten mit Rahen getakelt waren und das Chinesische Meer vor einem kräftigen Monsun unter vollen Lee-Segeln herunterzulaufen pflegten. Wir alle hatten unsere Laufbahn in der Handelsmarine begonnen. Die See hielt uns zusammen wie ein starkes Band, und hinzu kam noch ein seemännisches Gemeinschaftsgefühl, wie es keine noch so hohe Begeisterung für Wettsegeln, Kreuzen oder ähnlichen Sport erzeugen kann; denn diese umfaßt immer nur ein Beiwerk des Lebens, jenes aber das Leben selbst.

Marlow (ich denke wenigstens, daß er sich so schrieb) erzählte uns die Geschichte einer Reise:

„Ja, ich habe ein wenig von den östlichen Meeren gesehen; am besten aber erinnere ich mich doch an meine erste Reise dahin. Ihr alle wißt ja, daß es Reisen gibt, die wie erläuternde Beispiele zu diesem Leben wirken, ja, wie das Sinnbild des Lebens überhaupt. Da kämpft man, arbeitet, schwitzt, bringt sich beinahe, manchmal auch ganz um, immer in dem Bestreben, irgendwas durchzuführen – das man dann doch nicht fertigbringt. Nicht aus eigenem Verschulden. Man kann nur einfach nichts vollenden, nichts Großes und nichts Kleines – kein Ding auf dieser Welt; nicht einmal eine alte Jungfer heiraten, oder eine Ladung von lumpigen sechshundert Tonnen Kohle in ihren Bestimmungshafen bringen. Die Sache war in jeder Hinsicht bemerkenswert. Es war meine erste Reise nach dem Osten, und meine erste Reise als Zweiter Offizier; es war auch das erste Kommando meines Kapitäns. Ihr werdet zugeben, daß es an der Zeit war, wenn ich euch sage, daß er immerhin sechzig Jahre alt war; ein kleiner Mann mit breitem, nicht sonderlich geradem Rücken, mit gebeugten Schultern und gewaltigen Säbelbeinen; er sah förmlich krummgezogen aus, wie man es häufig bei Leuten findet, die Feldarbeit tun. Sein Nußknackergesicht – Kinn und Nase suchten einander über dem eingesunkenen Mund zu begegnen – war von eisengrauem, flaumigem Haar umrahmt, das wie ein baumwollenes Sturmband aussah, von Kohlenstaub überfleckt. Und ein Paar blaue Augen standen in seinem alten Gesicht, die ganz erstaunlich jungenhaft blickten, mit dem unschuldigen Ausdruck, den manchmal ganz gewöhnliche Leute bis an das Ende ihrer Tage bewahren, einfach zufolge der seltenen Gabe ihrer Herzenseinfalt und Geradheit. Was ihn bewogen haben mag, mich anzunehmen, war mir ein Rätsel. Ich kam von einem prächtigen australischen Schnellsegler, wo ich Dritter Offizier gewesen war, und er schien gegen Schnellsegler – als aristokratisch und übervornehm – ein Vorurteil zu haben. Er sagte mir: „Verstehen Sie mich recht – auf diesem

Schiff hier werden Sie arbeiten müssen!" Ich antwortete ihm, daß ich noch auf jedem Schiff, auf dem ich je gewesen, hätte arbeiten müssen. – „Ah, aber dies hier ist grundverschieden, und ihr feinen Herren von den großen Schiffen ... Aber, na, ich hoffe, Sie werden sich machen! Treten Sie morgen an!"

Ich trat also am nächsten Tage an. Das ist nun zweiundzwanzig Jahre her; und ich war eben zwanzig. Wie die Zeit vergeht! Es war einer der schönsten Tage meines Lebens. Denkt euch doch – frischgebackener Zweiter – richtig verantwortlicher Offizier! Ich hätte mein neues Patent nicht um ein Vermögen hergegeben. Der Erste musterte mich genau. Er war auch ein alter Knabe, doch von anderer Prägung. Er hatte eine römische Nase, einen schneeweißen langen Bart und hieß Mahon, bestand aber darauf, daß man den Namen „Mann" aussprechen sollte. Er hatte gute Beziehungen, doch fehlte es ihm wohl an Glück, und so war er nie weitergekommen.

Was nun den Kapitän angeht, so hatte der jahrelang auf Küstenfahrern, dann im Mittelmeer und schließlich auf der westindischen Route gedient. Um das Kap war er nie herumgekommen, konnte zur Not in einer kratzigen Klaue schreiben und legte keinen Wert darauf, überhaupt zu schreiben. Beide waren sehr tüchtige Seeleute, wie nicht anders zu erwarten, und ich kam mir zwischen den beiden Alten vor wie ein kleiner Junge zwischen zwei Großvätern.

Auch das Schiff war alt. Es hieß *Judea* – komischer Name, nicht; und gehörte einem Manne namens Wilmer, Wilcox... irgendwas der Art; aber er hat Bankrott gemacht und ist gestorben, vor zwanzig oder mehr Jahren, und so tut sein Name nichts zur Sache. Die Bark war endlos lange im Shadwell Dock aufgelegt gewesen, und ihr könnt euch ihren Zustand vorstellen. Sie war über und über voll Rost, Staub und Schmutz; die Takelung verrußt, das Deck förmlich überkrustet. Für mich war es ungefähr so, als wäre ich aus einem Palast in ein verfallenes Bauernhaus gekommen. Sie hatte etwa vierhundert Tonnen, ein altmodisches Ankerspill, Holzklinken an den Türen, kein kleinstes Stück Messing auf sich, und ein mächtiges, plattes Heck. Darauf stand in großen Lettern ihr Name; darunter war eine Menge Schnitzwerk angebracht, von dem die

Vergoldung abgegangen war und das eine Art Wappen mit dem Wahlspruch umgab: „Halt aus oder stirb!“ Ich erinnere mich noch, wie stark es meine Einbildungskraft gefangennahm. Ein Schimmer von Romantik lag darüber, etwas, das mich das alte Ding lieben ließ, – das mein junges Herz ergriff!

Wir verließen London in Ballast – Sandballast – , um in einem nördlichen Hafen eine Ladung Kohlen für Bangkok einzunehmen. Bangkok! Ich fieberte förmlich! Ich war sechs Jahre zur See gewesen, hatte aber nur Melbourne und Sydney gesehen, sehr nette Orte, entzückende Orte in ihrer Art – aber Bangkok!

Wir arbeiteten uns unter Segeln aus der Themse hinaus, mit einem Nordseelotsen an Bord. Er hieß Jermyn und drückte sich den ganzen lieben Tag in der Kombüse herum, wo er sein Taschentuch vor dem Ofen trocknete. Anscheinend schlief er nie. Er war ein trübseliger Mann, dem eine ewige Träne an der Nasenspitze glitzerte und der entweder Unglück gehabt hatte oder noch hatte oder welches erwartete – , der kurzum nicht glücklich war, wenn nicht irgendwas schief ging. Er mißtraute meiner Jugend, meinem gesunden Menschenverstand und meinen seemännischen Fähigkeiten und ließ es sich angelegen sein, mir das auf hundert kleine Arten zu zeigen. Ich möchte fast glauben, daß er recht hatte. Mir scheint, ich wußte damals recht wenig und weiß heute nicht viel mehr; doch fühle ich bis zum heutigen Tage eitlen Haß gegen diesen Jermyn.

Wir brauchten eine Woche, um bis nach Yarmouth Roads hinaufzukommen, und dann gerieten wir in ein Unwetter – den berüchtigten Oktobersturm von vor zweiundzwanzig Jahren. Wind, Blitze, Hagel, Schnee und eine fürchterliche See. Wir waren zu leicht beladen, und ihr könnt euch vorstellen, wie schlimm es war, wenn ich euch sage, daß wir das Schanzkleid zertrümmert und das Deck unter Wasser hatten. In der zweiten Nacht rutschte der Ballast voraus nach Lee, und damals waren wir schon irgendwohin in die Nähe der Dogger-Bank verschlagen. Da gab es nichts anderes als: hinunter, mit Schaufeln, und versuchen, sie aufzurichten. Da waren wir also in dem weiten Laderaum, düster wie eine Höhle; die paar Lichter flackerten auf den Balkenenden, der

Sturm heulte über uns, und das Schiff torkelte auf der Seite liegend wie verrückt dahin; da waren wir alle, Jermyn, der Kapitän, jeder einzelne, kaum imstande, auf den Füßen zu bleiben; alle hart bei der Totengräberarbeit, feuchten Sand schaufelweise nach Luv hinüberzuwerfen. Bei jedem Rollen des Schiffes konnte man in dem trüben Licht Männer zwischen blitzenden Schaufeln niederstürzen sehen. Einer von den Schiffsjungen (wir hatten zwei), bedrückt von der Schauerlichkeit der Szene, weinte herzbrechend. Wir konnten ihn irgendwo im Dunkeln schluchzen hören.

Am dritten Tage flaute der Sturm ab, und schließlich nahm uns ein Schlepper aus dem Norden auf. Wir brauchten insgesamt sechzehn Tage von London bis zum Tyne! Als wir endlich ins Dock kamen, hatten wir unsere Ladefrist versäumt, und man verwies uns auf einen Platz, wo wir einen Monat liegenblieben. Frau Beard (der Kapitän hieß Beard) kam von Colchester, um den Alten zu sehen. Sie lebte an Bord. Die Mannschaft war davongegangen, und es waren nur die Offiziere zurückgeblieben, ein Schiffsjunge und der Steward, ein Mulatte, der auf den Namen Abraham hörte. Frau Beard war eine alte Frau mit einem Gesicht ganz runzelig und faltig wie ein Winterapfel und mit der Figur eines jungen Mädels. Sie überraschte mich einmal dabei, wie ich mir einen Knopf annähte, und bestand darauf, meine Hemden zum Ausbessern zu bekommen. Das war freilich was andres, als ich es bisher von Kapitänsfrauen auf den Schnellseglern gewohnt war. Als ich ihr die Hemden brachte, sagte sie: „Und die Socken? Die brauchen das Stopfen sicher auch, und Johns – Kapitän Beards – Sachen sind nun alle in Ordnung. Ich freue mich, wenn ich etwas zu tun bekomme“. Gott segne die alte Dame. Sie sah meine ganze Ausstattung nach, und unterdessen las ich zum ersten Male „Sartor Resartus“ und Burnabys „Ritt nach Khiva“. Von dem ersten verstand ich damals nicht viel; doch zog ich, wie ich mich erinnere, den Soldaten dem Philosophen vor. Eine Vorliebe, die mein weiteres Leben nur verstärkt hat. Der eine war ein Mann, und der andere war entweder mehr – oder weniger. Doch so oder so – sie sind beide tot, und Frau Beard ist tot, und Jugend, Kraft, Genie, tiefe Gedanken, große Taten, einfältige

Herzen – alles muß sterben... Macht nichts.

Schließlich kamen wir zum Laden. Wir heuerten eine Mannschaft an. Acht Vollmatrosen und zwei Jungen. Eines Abends gingen wir an die Bojen bei den Docktoren, klar zum Auslaufen und mit der ziemlich sicheren Aussicht, die Reise am nächsten Tage zu beginnen. Frau Beard sollte mit einem Nachtzuge heimfahren. Sobald das Schiff festgemacht war, setzten wir uns zum Tee. Wir – Mahon, das alte Ehepaar und ich – zeigten keine Lust zum Reden. Ich war zuerst fertig und verzog mich, um ein wenig zu rauchen; meine Kabine lag in einem Deckhaus hart an der Hütte. Es war Flut, Sprühregen in der Luft, dazu blies eine scharfe Brise; die Doppeltore des Docks standen offen, und die

Kohlenschiffe dampften in der Dunkelheit mit grellen Signallichtern ein und aus, unter großem Geplätscher der Schrauben, dem Rasseln der Winden und mächtigem Geschrei auf den Quais. Ich sah der langen Reihe der Topplaternen zu, die hoch oben, und der grünen Seitenlichter, die niedrig durch die Nacht hinglitten, als plötzlich ein roter Schein vor mir aufblitzte, verschwand, wieder auftauchte und stehenblieb. Der Bug eines Dampfers zeichnete sich in nächster Nähe ab. Ich brüllte in die Kajüte hinunter: „Kommt herauf, schnell!“ und hörte gleich darauf eine erschreckte Stimme weiterab im Dunkeln sagen: „Stoppen Sie, Herr!“ Eine Glocke schrillte. Eine andere Stimme rief warnend: „Wir rennen kerzengerade in die Bark da hinein!“ Die Antwort hierauf war ein brummiges „Schon recht“, und unmittelbar danach kam ein schwerer Krach, während der Dampfer mit seinem breiten Bug unsere Fockwanten abstreifte. Es gab einen Augenblick der Verwirrung, mit Geschrei und Herumrennen. Dampf zischte. Dann hörte man jemand sagen: „Alles klar, Herr!“ –“Seid ihr in Ordnung?“ fragte die brummige Stimme. Ich war vorausgesprungen, um den Schaden zu besichtigen, und rief zurück: „Ich denke!“ – “Langsam vorwärts!“ sagte die brummige Stimme. Eine Glocke schrillte. „Was für ein Dampfer ist das?“ brüllte Mahon. Unterdessen erschien uns der Dampfer nur noch als ein klobiger Schatten, während er ein Stück weitab manövrierte. Sie brüllten uns einen Namen zu – irgendeinen Frauennamen,

Miranda oder Melissa oder so was Ähnliches. „Das bedeutet noch einen Monat mehr in dem verwünschten Nest hier“, sagte mir Mahon, während wir mit Lampen das zersplitterte Schanzkleid und die gerissenen Brassen ableuchteten. „Aber wo steckt der Kapitän?“

Wir hatten die ganze Zeit über nichts von ihm gesehen oder gehört. Wir gingen achtern, um nachzusehen. Irgendwo von der Mitte des Docks her erhob sich eine klägliche Stimme: „*Judea*, ahoi!“ ... Wie zum Teufel kam er dahin? ... „Hallo!“ brüllten wir. – „Ich treibe in unserem Boot ohne Ruder“, rief er zurück. Ein verspäteter Jollenführer bot seine Dienste an, und Mahon handelte mit ihm aus, er sollte um eine halbe Guinee unseren Kapitän längsseits schleppen; doch war es Frau Beard, die zuerst die

Leiter heraufkam. Die beiden waren in dem kalten Sprühregen fast eine Stunde lang im Dock herumgetrieben. Nie in meinem Leben war ich so überrascht.

Wie sich herausstellte, hatte er, sobald er mich „Kommt herauf!“ rufen hörte, sofort begriffen, worum es sich handelte, hatte seine Frau gepackt, war an Deck und quer hinüber zu unserem Boot gelaufen, das an der Leiter festlag. Nicht übel für einen Sechzigjährigen! Stellt euch nur den alten Burschen vor, der heldenmütig in seinen Armen die alte Frau rettete – die Frau seines Lebens. Er setzte sie auf eine Ruderbank und schickte sich an, an Bord zurückzuklettern, als die Fangleine irgendwie loskam und sie beide abtrieben. Natürlich hörten wir ihn in dem Trubel nicht rufen. Er sah niedergeschlagen aus. Sie sagte fröhlich: „Nun, ich denke, es macht nichts aus, daß ich den Zug versäumt habe?“ – „Nein, Jenny – geh hinunter und wärm dich!“ knurrte er. Dann zu uns: „Ein Seemann soll sich mit keiner Frau abgeben, sage ich. Da war ich also fort vom Schiff. Na, diesmal hat es nichts auf sich gehabt. Sehen wir einmal nach, was der verteufelte Dampfer angerichtet hat.“

Es war nicht viel, aber es hielt uns drei Wochen lang auf. Nach Ablauf dieser Zeit trug ich, da der Kapitän gerade mit seinen Maklern zu tun hatte, Frau Beards Koffer zum Bahnhof und setzte sie recht bequem in ein Abteil dritter Klasse. Sie ließ das Fenster herunter, um mir zu sagen: „Sie sind ein netter junger Mann. Wenn Sie John – Kapitän Beard – nachts ohne seinen Schal sehen, dann erinnern

Sie ihn doch in meinem Namen daran, daß er den Hals warmhalten soll!" – „Gewiß, Frau Beard!" sagte ich. – „Sie sind ein netter junger Mann; ich habe beobachtet, wie aufmerksam Sie gegen John – gegen Kapitän –" Der Zug fuhr plötzlich an; ich zog meine Mütze vor der alten Frau; ich habe sie nie wieder gesehen … Reich die Flasche weiter! Am nächsten Tag gingen wir in See. Als wir so nach Bangkok aufbrachen, waren wir schon drei Monate von London fort. Wir hatten mit etwa vierzehn Tagen – allerhöchstens – gerechnet. Es war im Januar und das Wetter wunderschön – das herrliche, sonnige Winterwetter, das mehr Reiz hat als der Sommer, weil es unerwartet ist und herb, und man weiß, daß es unmöglich lange anhalten kann.

Es ist wie ein Fallwind, wie Strandgut, wie ein unverhofftes Glück.

Es hielt die ganze Nordsee und den Kanal durch an und weiter noch, bis wir etwa dreihundert Meilen westlich von Kap Lizard waren. Dann sprang der Wind nach Südwest um und begann richtig zu pfeifen. Nach zwei Tagen hatten wir Sturm. Die *Judea*, beigedreht, rollte im Atlantischen wie eine Nußschale. Es blies Tag um Tag: schneidend, ohne Unterlaß, unbarmherzig. Die Welt war nichts als eine Unendlichkeit schäumender Wogen, die gegen uns anstürmten, unter einem Himmel, niedrig genug, daß man ihn mit der Hand greifen konnte, und schmutzig wie eine verrauchte Stubendecke. In dem sturmzerrissenen Raum rings um uns war ebensoviel Gischt wie Luft. Tag um Tag und Nacht um Nacht umtobte das Schiff das Heulen des Windes und der Wogen und das Donnern der Sturzseen auf Deck. Es gab keine Rast, weder für das Schiff noch für uns. Die Bark stampfte, schlingerte, stellte sich auf den Kopf, setzte sich auf den Stert, rollte, ächzte, und wir mußten uns festklammern, wenn wir auf Deck, und uns gegen die Kojen spreizen, wenn wir unter Deck waren, in ewiger Anspannung von Seele und Leib.

Eines Nachts sprach Mahon durch das kleine Fenster in meiner Koje. Es ging gerade in mein Bett, wo ich schlaflos lag, in Stiefeln und mit dem Gefühl, als hätte ich jahrelang nicht geschlafen und könnte es nicht mehr, wenn ich auch wollte. Er sagte aufgeregt: „Haben Sie den Peilstock da, Marlow? Ich kann die

Pumpen nicht zum Aussaugen bringen. Bei Gott, es ist kein Kinderspiel!“

Ich gab ihm den Peilstock, legte mich wieder hin und versuchte allerlei zu denken – aber ich dachte nur an die Pumpen. Als ich auf Deck kam, waren sie immer noch dabei, und meine Wache löste an den Pumpen ab. Im Licht einer Laterne, die auf Deck gebracht worden war, um den Peilstock abzulesen, konnte ich ihre müden, ernsten Gesichter sehen. Wir pumpten die vollen vier Stunden durch. Wir pumpten die ganze Nacht, den ganzen Tag, die ganze Woche – Wache um Wache. Die Bark arbeitete sich lose und leckte schlimm – nicht schlimm genug, um uns augenblicklich zu ersäufen, doch genug, um uns mit der Schinderei an den Pumpen umzubringen. Und während wir pumpten, ging das Schiff stückweise dahin: das Schanzkleid erst, dann die Stützen; die Ventilatoren wurden zerschlagen, die Kajütentür eingedrückt. Es gab kein trockenes Fleckchen mehr im ganzen Schiff. Alles wurde nach und nach überschwemmt. Das Langboot wurde wie durch Zauberei zu Brennholz, während es fest in den Bootskrabbern stand. Ich hatte es selbst festgelascht und war richtig stolz auf meine Handarbeit, die so lange den Tücken der See widerstanden hatte. Und wir pumpten. Und das Wetter änderte sich nicht. Die See war einfarbig weiß von Schaum, wie ein Kessel voll kochender Milch; kein Riß zeigte sich in den Wolken – kein handtellergroßer Riß – nicht zehn Sekunden lang. Keinen Himmel gab es für uns, keine Sterne, keine Sonne, keine

Welt – nichts als böse Wolken und eine wütende See. Wir pumpten Wache um Wache ums liebe Leben; und es schien Monate, Jahre, eine ganze Ewigkeit zu währen, als wären wir alle gestorben und in eine Hölle für Seeleute verdammt worden. Wir vergaßen den Wochentag, den Namen des Monats, das Jahr, und daß wir je an Land gewesen waren. Die Segel wurden davongeweht, die Bark lag dwars unter einer Persenning, der Ozean strömte über sie weg, und wir achteten es nicht. Wir drehten an den Kurbeln und sahen wie die Idioten drein. Sobald wir auf Deck gekrochen waren, pflegte ich eine Tauschlinge um die Leute, die Pumpen und den Hauptmast zu legen, und wir drehten, drehten unaufhörlich, im Wasser bis zu den Hüften, bis zum Hals, über den Kopf. Es war alles eins.

Wir hatten vergessen, wie es war, sich trocken zu fühlen.

Und irgendwo in mir lebte der Gedanke: Bei Gott, das ist ein verteufeltes Abenteuer – etwas, wie man es in Büchern liest; und es ist meine erste Reise als Zweiter Offizier – und ich bin erst zwanzig und beiße es durch wie nur einer und halte meine Kerls bei der Stange. Es gefiel mir. Ich hätte das Erlebnis nicht um die Welt missen mögen. Augenblicke lang jubelte ich sogar. Sooft die alte, abgetakelte Bark, mit der Gillung hoch in der Luft, aufstampfte, schien sie mir wie eine Klage, eine Herausforderung, wie einen Schrei zu den gnadenlosen Wolken die Worte emporzuschleudern, die auf ihrem Heck geschrieben standen: *Judea*, London. Halt aus oder stirb!“

O Jugend! Ihre Kraft, ihre Gläubigkeit, ihre schönen Träume! Für mich war das Schiff kein alter Klapperkasten, der eine Ladung Kohle durch die Welt schleppte. Für mich verkörperte sich darin alles, was im Leben des höchsten Einsatzes wert sein konnte. Ich denke gerne an die Bark zurück, mit Liebe und Schmerz, wie an einen lieben Toten. Ich werde sie nie vergessen... Reich die Flasche weiter!

Eines Nachts, als wir wieder, wie ich schon sagte, an den Mast gebunden waren und pumpten, pumpten, betäubt vom Wind und zu zermürbt, um uns auch nur den Tod wünschen zu können, da also schlug eine schwere See über Bord und glatt über uns weg. Sobald ich wieder Luft schnappen konnte, brüllte ich pflichtgemäß: „Haltet fest, Jungs!" und spürte dabei plötzlich, wie etwas

Hartes, das auf Deck herumschwamm, gegen meine Wade stieß. Ich griff danach und verfehlte es. Es war so dunkel, daß wir einer des andern Gesicht keine Spanne weit sehen konnten, müßt ihr wissen.

Nach dem Krach hielt sich das Schiff eine Weile ruhig, und das Ding, was es auch sein mochte, stieß nochmals gegen mein Bein. Diesmal erwischte ich es – es war eine Kochpfanne. Im ersten Augenblick, übermüdet und nur mit dem Gedanken an die Pumpen im Kopf, begriff ich gar nicht, was ich in der Hand hielt. Plötzlich dämmerte es mir auf, und ich brüllte: „Jungs, das Deckhaus ist über Bord. Laßt die Pumpen sein, und sehen wir nach dem Koch!"

Vorn war ein Deckhaus, das die Kombüse, die Koje des Kochs und das

Mannschaftslogis enthielt. Da wir seit Tagen damit gerechnet hatten, daß es weggerissen würde, war den Leuten befohlen worden, in der Kajüte zu schlafen, dem einzig sicheren Platz im Schiff. Der Steward, Abraham, aber beharrte darauf, in seiner Koje zu bleiben, stumpfsinnig wie ein Mulo – aus blanker Angst, denke ich mir, wie ein Tier, das sich weigert, einen Stall zu verlassen, der während eines Erdbebens einstürzt. So gingen wir also hin, um nach ihm zu sehen. Dabei setzten wir unser Leben aufs Spiel, denn sobald wir erst einmal unsere Umschnürung aufgegeben hatten, waren wir ebenso ungeschützt wie auf einem Floß. Aber wir gingen hin. Das Deckhaus war zertrümmert, als wäre eine Granate darin explodiert. Der Großteil war über Bord gegangen – der Ofen, das Quartier und alles Eigentum der Mannschaft, alles war dahin. Wie durch ein Wunder aber waren zwei Pfosten stehengeblieben, mit einem Stück Schott dazwischen, woran Abrahams Koje befestigt war. Wir wühlten in dem Trümmerwerk, stießen hierauf, und da saß er also in seiner Koje, zwischen Schaum und Trümmern, und babbelte vergnügt vor sich hin.

Er hatte den Verstand verloren, war richtig und unheilbar verrückt geworden; dieser letzte Stoß hatte seinen Lebensgeistern den Rest gegeben. Wir packten ihn zusammen, schleiften ihn nach achtern und stießen ihn kopfüber die Kajütentreppe hinunter. Ihr könnt euch wohl denken, daß keine Zeit war, ihn mit größter Sorgfalt hinunterzutragen und abzuwarten, wie er sich weiter machen würde. Die von der Freiwache würden ihn wohl am Fuß der Treppe zusammenklauben, dachten wir. Wir hatten es eilig, an die Pumpen zurückzukommen. Die Arbeit litt keinen Aufschub. Ein großes Leck ist eine unmenschliche Sache.

Man hätte glauben können, es sei der ganze Zweck dieses Mordssturms gewesen, den armen Teufel von Mulatten um den Verstand zu bringen. Noch vor dem Morgen ließ der Sturm nach, und am nächsten Tage klarte der Himmel auf, und sowie der Seegang nachließ, zog sich auch das Leck zu. Als neue Segel angeschlagen werden sollten, bestand die Mannschaft auf der Rückkehr, – und tatsächlich war nichts anderes zu tun. Die Boote dahin, das Deck reingefegt, die Kajüte unter Wasser, die Leute ohne einen Knopf, außer dem bißchen Zeug, das sie am Leibe hatten, die Vorräte verdorben, das Schiff überanstrengt. Wir setzten Kurs nach Hause, und – würdet ihr's glauben? – der Wind blies uns von Osten gerade ins Gesicht. Ein schöner, stetiger Gegenwind. Wir mußten Zoll um Zoll aufkreuzen, aber die Bark leckte nicht gar zu arg, weil die See ziemlich ruhig blieb. Von vier Stunden immer je zwei zu pumpen ist kein Spaß – aber wir erhielten sie damit flott bis nach Falmouth.

Die guten Leute dort leben von den Unfällen auf See und freuten sich zweifellos, uns zu sehen. Eine hungrige Schar von Zimmerbaasen wetzte ihre Meißel beim Anblick dieses Schiffskadavers. Und bei Gott! Es kostete einen schönen Batzen Geld, ehe sie fertig waren. Ich denke mir, daß der Reeder damals schon nicht mehr gut stand. Es gab allerlei Aufschübe. Dann wurde beschlossen, einen Teil der Ladung herauszunehmen und die Seiten der Bark zu kalfatern. Das wurde gemacht, die anderen Ausbesserungen beendet, die Ladung wieder eingenommen; eine neue Mannschaft kam an Bord, und wir gingen in See – nach Bangkok. Nach knapp einer Woche waren wir wieder zurück. Die Mannschaft erklärte, sie dächte nicht daran, die etwa hundertfünfzig Tage Überfahrt nach Bangkok in dem Huker zu machen, der von vierundzwanzig Stunden acht an den Pumpen brauchte; und die nautischen Blätter brachten wieder die kleine Anzeige: *Judea*. Bark. Vom Tyne nach Bangkok; Kohle; leck nach Falmouth zurückgekehrt; Mannschaft verweigert Dienst.“

Wieder gab es allerhand Aufschübe – allerhand Flickarbeit. Der Reeder kam für einen Tag herunter und erklärte, die Bark sei tipptopp, wie eine kleine Geige. Der arme Kapitän Beard sah wie ein Gespenst aus – vor lauter Kummer und Demütigung. Bedenkt, daß er sechzig und daß es sein erstes Kommando war. Mahon meinte, es sei eine verrückte Geschichte, die schlimm ausgehen würde. Ich liebte das Schiff mehr als je und brannte darauf, nach Bangkok zu kommen. Nach Bangkok! Zauberhafter Name, dreimal gesegneter Name! Mesopotamien reichte nicht im Traum daran hin. Bedenkt, daß ich zwanzig, daß es mein erstes Patent als Zweiter Offizier war und daß der Osten auf mich wartete.

Wir verließen den Hafen und gingen an der Außenreede vor Anker, mit einer neuen Mannschaft – der dritten. Die Bark leckte ärger als je. Es war, als hätten ihr die verwünschten Zimmerbaase geradezu ein Loch geschlagen. Diesmal kamen wir nicht einmal mehr auf hohe See. Die Mannschaft weigerte sich einfach, das Ankerspill zu bemannen.

Sie schleppten uns in den Innenhafen zurück, und wir wurden so etwas wie ein Merkmal, eine Sehenswürdigkeit, eine stehende Einrichtung des Ortes. Die Leute zeigten uns gelegentlichen Besuchern als „die Bark da, die nach Bangkok gehen soll – liegt schon sechs Monate hier – dreimal umgekehrt!“ – An Feiertagen pflegten uns wohl die kleinen Jungen, die in Booten herumruderten, anzurufen: *Judea*, ahoi!“ und, wenn sich ein Kopf über der Reling zeigte, zu brüllen: „Wohin seid ihr bestimmt? – Bangkok?“ Und dann grölten sie vor Lachen. Wir waren nur zu dritt an Bord. Der arme alte Schiffer brütete in der Kajüte vor sich hin. Mahon hatte das Kochen auf sich genommen und dabei unerwartet das ganze Geschick eines Franzosen für die Bereitung netter kleiner Gerichte bewiesen. Ich sah gelangweilt die Takelung nach. Wir alle wurden Bürger von Falmouth. Jeder Ladeninhaber kannte uns. Beim Barbier oder im Tabakladen fragte man uns vertraulich: „Glauben Sie, daß Sie je nach Bangkok kommen werden?“ Unterdessen stritten sich der Reeder, die Versicherung und die Befrachter in London herum, und unser Gehalt lief weiter... Reich die Flasche weiter!

Es war schauerlich. Seelisch war es schlimmer, als ums liebe Leben pumpen zu müssen. Es schien, als wären wir von der Welt vergessen worden, als sollten wir, verhext, für ewig und immer in dem Innenhafen dort leben müssen, Zielscheibe des Spottes für Geschlechter von Hafenbummlern und unehrlichen Bootsleuten. Ich erwirkte drei Monate Gehalt und fünf Tage Urlaub und machte einen Abstecher nach London. Ich brauchte einen vollen Tag hin und ebensolange zurück – aber drei Monate Gehalt gingen dabei drauf. Ich weiß nicht, was ich damit anfing. Ich ging in ein Tingeltangel, glaube ich, aß zu Mittag, zu Abend und zu Nacht, in einem piekfeinen Lokal in Regent Street, und war pünktlich zurück, ohne als Gegenwert für drei Monate Arbeit mehr aufweisen zu können als eine Gesamtausgabe von Byrons Werken und eine neue Reisedecke. Der Jollenführer, der mich zum Schiff hinüberruderte, sagte: „Hallo! Ich dachte, Sie hätten die alte Kiste sein lassen. Die kommt nie nach Bangkok!" – „Was Sie schon davon wissen!" gab ich geringschätzig zurück – aber mir gefiel die Weissagung ganz und gar nicht.

Plötzlich tauchte irgendein Agent mit Vollmacht auf. Er hatte ein rotes Trinkergesicht, eine unbändige Tatkraft und ein frohes Gemüt. Wir erwachten zu neuem Leben. Ein Hulk kam längsseits, nahm unsere Ladung ein, und dann gingen wir ins Trockendock, um den Kupferbelag abnehmen zu lassen. Kein Wunder, daß die Bark leckte! Das arme Ding hatte, in dem Sturm über alle

Gebühr beansprucht, wie vor Ekel das ganze Werg aus den unteren Nähten ausgespien. Sie wurde frisch kalfatert, neu mit Kupfer beschlagen und so dicht gemacht wie eine Flasche. Wir gingen zu dem Hulk zurück und nahmen unsere Ladung wieder ein.

Dann verließen in einer schönen Mondnacht alle Ratten das Schiff. Wir hatten eine Unzahl davon an Bord gehabt. Sie hatten unsere Segel zerfressen, mehr Vorräte verschlungen als die Besatzung, hatten liebevoll unsere Betten und unsere Gefahren mit uns geteilt, um nun, als das Schiff endlich seetüchtig gemacht war, doch auszuwandern. Ich rief Mahon, damit auch er das Schauspiel ansehe. Eine Ratte nach der anderen erschien auf unserer Reling, warf einen letzten Blick über die

Schulter zurück und sprang mit einem dumpfen Aufklatschen in den leeren Hulk hinunter. Wir versuchten sie zu zählen, kamen aber bald nicht mehr nach. Mahon meinte: „Nun, nun, sagen Sie mir nichts von dem Verstand der Ratten! Die hätten früher auswandern sollen, als wir knapp am Untergehen waren. Da haben Sie den Beweis dafür, wie töricht der Aberglaube wegen der Ratten ist. Sie verlassen ein gutes Schiff einem alten, verfaulten Hulk zuliebe, auf dem es überdies nicht einmal etwas zu essen gibt; die dummen Viecher!... Ich finde, sie wissen nicht besser als Sie oder ich, was gut für sie ist."

Und nach einigem Hin und Her einigten wir uns darauf, daß die Weisheit der Ratten gröblich überschätzt worden und tatsächlich nicht größer als die der Menschen sei.

Die Geschichte des Schiffes war inzwischen den ganzen Kanal entlang von Land's End bis zu den Forelands bekanntgeworden, und wir konnten an der Südküste keine Bemannung mehr zusammenbringen. Sie schickten uns eine – ganz vollzählig – von Liverpool herunter, und noch einmal gingen wir in See – nach Bangkok. Wir hatten gute Brisen und glatte See bis über den Wendekreis hinaus, und die alte *Judea* bummelte im Sonnenschein dahin. Wenn sie acht Knoten lief, dann krachte oben alles, und wir banden uns die Mützen fest; meist aber machte sie ihre drei Meilen in der Stunde. Was hätte man auch erwarten dürfen? Sie war müde – das alte Schiff. Ihre Jugend war, wo meine ist, wo eure ist, ihr Burschen, die ihr dieser Geschichte zuhört; und welcher Freund wollte euch wohl eure Jahre und eure Müdigkeit vorwerfen? Wir schalten sie nicht. Uns kam es so vor, als wären wir auf ihr geboren und aufgezogen, hätten jahrzehntelang auf ihr gelebt und nie ein anderes Schiff gekannt. Ebensogut hätte ich unserer alten Dorfkirche daheim vorwerfen können, sie sei keine Kathedrale.

Und in meinem besonderen Fall half auch noch meine Jugend zur Geduld. Der ganze Osten lag vor mir, und das ganze Leben; dazu der Gedanke, daß ich auf diesem Schiffe auf die Probe gestellt worden war und die Probe gut bestanden hatte. Und ich gedachte der Männer alter Zeit, die vor Jahrhunderten, in Schiffen, die kaum besser segelten, den gleichen

Weg gezogen waren, ins Land der Palmen, der Gewürze und des gelben Sands, der braunen Völkerschaften unter der Herrschaft von Königen, grausamer als Roms Nero und prachtliebender als Salomo. Die alte Bark bummelte weiter und trug schwer an ihrem Alter und ihrer Ladung, während ich jugendlich unwissend und hoffnungsfroh dahinlebte. Sie stolperte während einer endlosen Reihe von Tagen dahin; und die frische Vergoldung strahlte den Abendsonnenschein wider, schien über die dunkelnde See die Worte hinauszurufen, die auf dem Heck geschrieben standen: „*Judea*, London. Halt aus oder stirb!"

Dann kamen wir in den Indischen Ozean und hielten nördlich, auf die Spitze von Java zu. Die Winde blieben leicht. Die Wochen glitten dahin. Die Bark schlich ihren Weg, halt aus oder stirb, und die Leute daheim begannen daran zu denken, uns als überfällig anzumelden.

Eines Samstagabends, als ich eben dienstfrei war, baten mich die Leute, ihnen eine Extraration Wasser auszugeben, damit sie ihre Sachen waschen könnten. Da ich so spät nicht mehr die Frischwasserpumpe anschrauben wollte, ging ich pfeifend nach vorne, einen Schlüssel in der Hand, um die Vorderstevenluke aufzusperren und das Wasser aus einem Reservetank auszugeben, den wir dort aufbewahrten.

Der Geruch da unten war so unerwartet wie beängstigend. Man hätte glauben können, daß Hunderte von Petroleumlampen in dem Loche tagelang gerußt und geraucht hätten. Ich war froh, als ich wieder draußen war. Der Mann neben mir hustete und sagte: „Komischer Geruch, Sir." Ich gab nachlässig zurück: „Das soll recht gesund sein, sagt man", und ging nach achtern.

Als nächstes steckte ich meinen Kopf in die Öffnung des Ventilators mittschiffs. Als ich den Deckel lüftete, stieg etwas wie ein sichtbarer Hauch, wie ein dünner Nebel, eine kleine Hitzewelle aus der Öffnung auf. Der Luftzug war heiß und brachte schweren, rußigen, öligen Geruch mit. Ich zog ihn einmal ein und machte dann den Deckel leise wieder zu. Es hatte wenig Sinn, mich dem Ersticken auszusetzen. Die Ladung hatte Feuer gefangen.

Am nächsten Tag begann die Bark ernstlich zu rauchen. Es war allerdings zu erwarten gewesen; denn wenn auch die Kohle von einwandfreier Art gewesen war, so war doch mit der Ladung so herumgewirtschaftet worden, daß das Zeug nun weit eher wie Schmiedekohle aussah. Dann war auch öfter als einmal Wasser darauf gekommen. Die ganze Zeit über, als wir sie aus dem Hulk wieder übernahmen, hatte es geregnet, jetzt während der langen Überfahrt hatte sich die Kohle erhitzt, und so war also die Selbstentzündung zustande gekommen.

Der Kapitän rief uns in die Kabine. Er hatte eine Karte vor sich auf dem Tische ausgebreitet und sah unglücklich aus. Er sagte: „Die Küste von Westaustralien ist nahe, ich beabsichtige aber, weiter auf unseren Bestimmungsort zuzuhalten. Allerdings haben wir überdies noch den Orkanmonat; aber wir wollen doch einfach auf Bangkok zu und das Feuer bekämpfen. Kein Zurück mehr, um keinen Preis, und sollten wir alle geröstet werden! Zuerst einmal wollen wir versuchen, den verteufelten Brand zu ersticken, indem wir ihm die Luftzufuhr abschneiden!“

Das versuchten wir. Wir verschalkten jedes kleinste Loch, und doch rauchte die Bark weiter. Der Rauch kam durch unmerkliche Ritzen heraus, zwängte sich durch Schotte und Deckel, wehte da und dort in dünnen Fäden herum oder als ein kaum sichtbarer, unheimlicher Glast. Er fand seinen Weg in die Kajüte, ins Vorderkastell, verpestete alle Winkel auf Deck und war sogar noch oben auf der Großrahe zu spüren. Es war klar, daß, wenn der Rauch herauskam, die Luft auch hineinkommen mußte. Und das brachte uns fast zur Verzweiflung. Der Brand ließ sich nicht ersticken.

Wir beschlossen, es mit Wasser zu versuchen und machten die Luken auf. Ungeheure Rauchwolken, weiß und gelb, dick, schmierig, erstickend, stiegen bis zum Flaggenknopf auf. Alle Mann verzogen sich nach achtern. Dann verwehte die giftige Wolke, und wir machten uns wieder an die Arbeit, in einem Rauch, der nicht dicker war, als der eines gewöhnlichen Fabrikschornsteins.

Wir stellten die Druckpumpe zu, legten den Schlauch aus – und er platzte. Nun, er war so alt wie das Schiff, ein prähistorischer Schlauch; an eine Ausbesserung war nicht zu denken. So pumpten wir also mit der schwachen Bugpumpe, zogen Wasser in Eimern herauf, und brachten es so mit der Zeit fertig, ein gut Teil des Indischen Ozeans in die Großluke hineinzuschütten. Der breite Strom glitzerte im Sonnenschein, stürzte sich auf eine niedrig kriechende, weiße Rauchwolke und verschwand unter der schwarzen Oberfläche der Kohle. Dampf wallte auf und mischte sich mit dem Rauch. Wir schütteten Salzwasser hinein, wie in ein Faß ohne Boden. Es war unser Schicksal auf diesem Schiff, zu pumpen, herauszupumpen, hineinzupumpen; – nachdem wir mit allen Kräften das Wasser aus ihr herausgebracht hatten, um uns vor dem Ertrinken zu retten, schütteten wir es nun wieder mit allen Kräften hinein, um nicht zu verbrennen.

Und sie schlich weiter, halt aus oder stirb, durch das klare Wetter. Der

Himmel war wunderbar rein und blau. Die See lag glatt blau, durchsichtig, glitzernd wie ein Edelstein, dehnte sich weit nach allen Seiten, rings um den Horizont, so, als wäre die ganze Erdkugel ein Juwel, ein ungeheurer Saphir, ein einziges Kleinod, zu einem Planeten umgeschliffen. Und auf dem endlosen, ruhenden Wasserspiegel glitt die *Judea* unmerklich dahin, eingehüllt in träge, böse Dämpfe, in eine Wolke, die leicht und leise nach Lee abtrieb: eine todbringende Wolke, die die strahlende, reine Heiterkeit der See und des Himmels trübte. Die ganze Zeit über sahen wir natürlich kein Feuer. Die Ladung glimmte irgendwo ganz zuunterst. Einmal sagte mir Mahon, als wir nebeneinander arbeiteten, mit einem eigenen Lächeln: „Wenn sie jetzt nur richtig leck springen wollte – so wie damals, als wir das erstemal den Kanal verließen – , so würde das dem Brand rasch ein Ende machen, nicht?“ Ich gab ihm ohne Zusammenhang zurück: „Denken Sie noch an die Ratten?“.

Wir bekämpften das Feuer und segelten das Schiff dabei so sorgfältig, als wäre gar nichts los gewesen. Der Steward kochte und wartete uns auf. Von den anderen zwölf Mann arbeiteten acht, während vier ruhten. Jeder kam an die Reihe, auch der Kapitän. Es herrschte Gleichheit, und wenn nicht gerade Brüderlichkeit, so doch ein gutes Gefühl. Manchmal schrie ein Mann, während er einen Kübel Wasser in die Großluke hinunterschüttete: „Hurra, für Bangkok!“ und die anderen lachten. Meist aber waren wir schweigsam und ernst – und durstig. – Oh, wie durstig! – Wir mußten mit dem Wasser vorsichtig sein. Streng bemessene Rationen. Das Schiff rauchte, die Sonne brannte... Reich die Flasche weiter!

Wir versuchten alles. Wir versuchten sogar, uns zu dem Feuer hinunter zu graben. Ohne Erfolg natürlich. Kein Mann konnte länger als eine Minute unten bleiben. Mahon, der als erster hinunterging, wurde unten ohnmächtig, und ein anderer, der ihn holen wollte, desgleichen. Wir zogen sie auf Deck herauf, dann sprang ich hinunter, um zu zeigen, wie leicht es zu machen wäre. Die anderen waren inzwischen klug geworden und begnügten sich damit, soviel ich weiß, mit einem Kettenhaken, der an einen Besenstiel gebunden war, nach mir zu angeln. Ich war auch nicht mehr scharf darauf, meine Schaufel holen zu gehen, die unten geblieben war.

Die Dinge begannen schlimm auszusehen. Wir fierten das Langboot nieder, das zweite Boot lag klar zum Ausschwingen. Wir hatten noch ein drittes, vierzehn Fuß lang, das achtern im Davit hing, wo es völlig sicher war.

Dann, stellt euch vor, nahm der Rauch plötzlich ab. Wir verdoppelten unsere Anstrengungen, den Kielraum unter Wasser zu setzen. Nach zwei Tagen gab es überhaupt keinen Rauch mehr. Wir gingen alle mit breitem Grinsen herum. Das war an einem Freitag. Samstag wurde keine Arbeit mehr getan, außer der natürlich, die das Weitersegeln erforderte. Die Leute wuschen ihre Sachen und ihre Gesichter, zum ersten Male seit vierzehn Tagen, und bekamen ein Extra-Abendessen. Sie sprachen mit größter Verachtung von Selbstentzündung und rühmten sich, sie wären die Burschen, um mit einem Brand fertig zu werden. Jeder von uns kam sich vor, als hätte er ein großes Vermögen geerbt. Doch ein verteufelter Brandgeruch hing um das Schiff. Kapitän Beard hatte eingesunkene Augen und hohle Wangen. Nie zuvor war es mir aufgefallen, wie verbraucht und gebeugt er war. Er und Mahon gingen herum, beugten sich über Luken und Ventilatoren und schnüffelten. Mit einem Male merkte ich auch, daß der arme Mahon ein ganz, ganz alter Mann war. Was mich selbst angeht, so war ich so vergnügt und stolz, als hätte ich mitgeholfen, eine große Seeschlacht zu gewinnen. O Jugend!

Die Nacht war schön. Am frühen Morgen segelte ein heimkehrendes Schiff, Rumpf unter Kimm, an uns vorbei – das erste, das wir seit Monaten gesehen hatten; aber endlich näherten wir uns doch dem Lande, denn die Spitze von Java lag etwa einhundertundneunzig Meilen weitab, fast genau nördlich.

Am nächsten Tage hatte ich von acht bis zwölf Deckwache. Beim Frühstück bemerkte der Kapitän: „Es ist verwunderlich, wie der Geruch sich in der Kajüte hält.“ Etwa um zehn Uhr, als gerade der Erste auf der Hütte war, ging ich einen Augenblick auf das Hauptdeck hinunter. Die Werkbank des Zimmermanns stand hinter dem Hauptmast. Ich lehnte mich daran, sog an meiner Pfeife, und der Zimmermann, ein junger Kerl, kam herzu, um sich mit mir zu unterhalten. Er sagte: „Ich denke, wir haben es recht gut gemacht, nicht?“ und dann bemerkte ich zu meinem Mißvergnügen, daß der Narr sich anschickte, die Werkbank umzukippen. Ich sagte kurz: „Nicht, Chips!“ Chips“ = Zimmermann. Anmerkung des Übersetzersund hatte unmittelbar darauf das merkwürdige Gefühl, die dumme Sinnestäuschung, irgendwie in der Luft zu sein. Ich hörte rings um mich etwas wie ein befreites Aufatmen, als hätten tausend Riesen zu gleicher Zeit „uff“ gesagt – und dazu eine dumpfe Erschütterung, daß mich plötzlich die Rippen schmerzten. Kein Zweifel – ich war in der Luft, und mein Körper beschrieb eine kurze Parabel. Aber so kurz sie auch war, so hatte ich doch Zeit, verschiedene Gedanken, und zwar, soviel ich mich erinnern kann, in dieser Reihenfolge zu denken: „Das kann nicht der Zimmermann sein! – Was ist es ? – Ein Unfall? – Unterseeischer Vulkan? – Kohlen, Gas! – Bei Gott! Wir fliegen in die Luft. – Alle sind tot. – Ich falle in die Achterluke. – Ich sehe Feuer darin!“ Der Kohlenstaub, mit dem die Luft des Laderaums gesättigt war, hatte sich im Augenblick der Explosion bis zur Weißglut erhitzt. In einem Umsehen, im Bruchteil einer Sekunde seit dem ersten Schwanken der Werkbank, lag ich der Länge nach auf der Ladung. Ich raffte mich zusammen und kroch hinaus. Das alles ging schneller, als es zu erzählen ist. Das Deck starrte von zertrümmerten Balken, die kreuzweise übereinanderlagen wie Waldbäume nach einem Orkan; ein ungeheurer Vorhang aus schmierigen Lumpen wallte knapp vor mir – es war das Großsegel, das in Fetzen gerissen war. Ich dachte, daß die Masten über Bord gehen würden und um mich aus dem Staube zu machen, kroch ich auf allen vieren zum Schanzniedergang. Der erste Mensch, den ich sah, war Mahon, die Augen riesengroß, den Mund weit offen und das lange weiße Haar rings um seinen Kopf zu Berge stehend, wie ein silberner Heiligenschein. Er war eben im Begriff gewesen, hinunterzugehen, als der Anblick des Hauptdecks, das sich rührte, hob und vor seinen Augen in Trümmer verwandelte, ihn auf der ersten Stufe festgebannt hatte. Ich starrte ihn ungläubig an, und er starrte mich an, mit einer Art entrüsteter Neugier. Ich wußte nicht, daß ich kein Haar hatte, keine

Augenbrauen, keine Wimpern, daß mein junger Schnurrbart abgesengt, daß mein Gesicht schwarz war, eine Wange aufgerissen, die Nase zerkratzt, und daß mein Kinn blutete. Ich hatte meine Mütze verloren und einen Pantoffel; mein Hemd war in Fetzen gerissen. Das alles hatte ich aber noch nicht gemerkt. Es verblüffte mich zu sehen, daß das Schiff immer noch schwamm, daß das Hüttendeck ganz und, vor allem, irgend jemand noch am Leben war. Auch der Friede des Himmels und die heitere Ruhe der See waren ausgesprochen überraschend. Vielleicht hatte ich erwartet, sie von Grauen aufgerührt zu finden... Reich die Flasche weiter!

Eine Stimme rief das Schiff von irgendwoher an. – Aus der Luft, aus dem Himmel. – Ich konnte es nicht sagen.

Dann stieß ich auf den Kapitän – und der war verrückt. Er fragte mich hastig: „Wo ist der Kajütentisch;“ und es erschreckte mich furchtbar, diese Frage zu hören. Ich war eben in die Luft geflogen, müßt ihr bedenken, und zitterte noch von dem Erlebnis – war nicht einmal ganz sicher, ob ich noch lebte. Mahon stampfte mit beiden Füßen auf und brüllte ihn an: „Guter Gott! sehen Sie nicht, daß das Deck in die Luft gegangen ist?“ Ich fand meine Stimme wieder und stammelte, als wäre ich mir der schwersten Pflichtversäumnis bewußt: „Ich weiß nicht, wo der Kajütentisch ist.“ Es war wie ein dummer Traum.

Wißt ihr, was er als nächstes verlangte; Nun, er wollte die Rahen richtig gebraßt haben. Sehr sanftmütig und wie in Gedanken verloren bestand er darauf, die

Fockrahe vierkant gebraßt zu haben. „Ich weiß nicht, ob irgend jemand am Leben ist“, sagte Mahon fast weinend. „Sicherlich“, meinte der Kapitän, „sind Leute genug übrig, um die Fockrahe vierkant zu brassen!“

Der alte Knabe war, wie es scheint, in seiner eigenen Kajüte gewesen und hatte die Chronometer aufgezogen, als ihn der Stoß rundum gewirbelt hatte. Es war ihm sofort zum Bewußtsein gekommen, daß das Schiff auf irgend etwas aufgelaufen sein müsse, und er war in die Kajüte hinausgestürzt. Dort hatte er gesehen, daß der Kajütentisch irgendwohin verschwunden war. Da das Deck in die Luft geflogen war, so war der Tisch natürlich ins Lazarett hinuntergestürzt. Wo wir an jenem Morgen noch gefrühstückt hatten, dort sah er jetzt nur ein großes Loch im Fußboden. Dies erschien ihm so schauerlich geheimnisvoll, – machte ihm einen so ungeheuern Eindruck, daß im Vergleich dazu alles, was er nachher noch auf Deck sah und hörte, als nebensächliche Kleinigkeit wirkte. Und bedenkt, er merkte sofort, daß das Steuerrad unbemannt und seine Bark von ihrem Kurs abgefallen war, – und sein einziger Gedanke war, den elenden, zerfetzten, abgedeckten, rauchenden Rest eines Schiffes wieder mit der Nase nach dem Bestimmungshafen zu stellen. Bangkok! Darauf war er aus. Ich sage euch, der ruhige, gebeugte, säbelbeinige, fast verkrüppelte kleine Mann wirkte ungeheuer, einzig durch seine Idee und durch das ruhige Übersehen unserer

Erregung. Er wies uns gebieterisch nach vorne und ging selbst ans Rad.

Ja, das war das erste, was wir taten – wir braßten die Rahen des armseligen Wracks. Niemand war getötet oder verstümmelt worden, aber doch jeder einzelne mehr oder weniger schwer verletzt. Ihr hättet sie sehen sollen! Manche kamen in Lumpen, mit schwarzen Gesichtern wie Kohlenträger und mit runden Köpfen, die scheinbar glattgeschoren, in Wahrheit aber bis auf die Haut abgesengt waren. Andere, von der Freiwache, die unten dadurch geweckt worden waren, daß die Explosion sie aus den einstürzenden Kojen herausgeschleudert hatte, zitterten nun unaufhörlich und stöhnten noch weiter, als wir schon an die Arbeit gingen. Doch alle arbeiteten. Diese

Mannschaft aus Liverpooler Hartguß hatte es in sich. Meiner Erfahrung nach ist das immer so. Sie haben es von der See, von der Arbeit und Einsamkeit, die ihre dunklen standhaften Seelen umgibt. O ja! Wir torkelten herum, krochen, stürzten, zerstießen uns an den Trümmern und zogen. Die Masten standen, wir wußten aber nicht, wie weit sie unten schon durchgebrannt sein konnten. Es war nahezu Windstille, doch von Westen her lief eine Dünung und machte die Bark rollen. Die Masten konnten jeden Augenblick über Bord gehen. Wir sahen ängstlich hinauf. Niemand konnte vorhersehen, nach welcher Richtung sie fallen würden.

Dann zogen wir uns nach achtern zurück und sahen uns um. Das Deck war ein Durcheinander von gekanteten und hochgestellten Bohlen, von Splittern und zerfetztem Holzwerk. Die Masten erhoben sich über dem Gewirr wie Baumriesen über dichtem Unterholz. Die Zwischenräume zwischen all dem Trümmerwerk waren voll von etwas Weißlichem, träge Fließendem – von etwas wie einem schmutzigen Nebel. Der Rauch des unsichtbaren Feuers kam wieder hoch, kroch in dicken, giftigen Schwaden herum, wie in einer Schlucht voll Fallholz. Schon begannen sich träge Flocken durch die Holztrümmer aufzuringeln. Da und dort stand noch ein Pfosten aufrecht. Die Hälfte einer Nagelbank war quer durch das Focksegel geschleudert worden, und nun bildete der Himmel einen leuchtenden blauen Farbfleck in der elend verstümmelten Leinwand. Eine Reihe von Planken, die noch zusammenhielten, waren über die Reling gestürzt, und ihr eines Ende ragte über Bord wie eine Laufplanke, die ins Tiefe führte, in den Tod – als wollte sie uns einladen, sie gleich zu beschreiten und allen unseren lächerlichen Kümmernissen ein Ende zu setzen. Und immer noch rief aus der Luft, aus dem Himmel, irgendein Geist, etwas Unsichtbares das Schiff an.

Jemand war verständig genug, nachzusehen. Und da ergab es sich, daß es der Rudergänger war, der unwillkürlich über Bord gesprungen war und nun gerne zurück wollte. Er schrie und schwamm lustig wie ein Meermann und hielt mit dem Schiff Schritt. Wir warfen ihm ein Tau zu, und bald darauf stand er mitten unter uns, triefend von Wasser und sehr kleinlaut. Der Kapitän hatte das Rad abgegeben, stand nun abseits, die Ellbogen auf die Reling und das Kinn in die Hand gestützt, und sah gedankenvoll ins Weite. Wir fragten uns: „Was nun?“ Ich dachte: Das ist einmal etwas! Einfach großartig! Möchte wohl wissen, was daraus wird! – O Jugend!

Plötzlich sichtete Mahon, weit achtern, einen Dampfer. Kapitän Beard sagte: „Vielleicht können wir doch noch was mit ihr erreichen!“ Wir hißten zwei Flaggen, die in der internationalen Seesprache sagten: „In Brand, erbitten sofortige Hilfe!“ Der Dampfer wurde rasch größer und zeigte bald auch am Fockmast zwei Flaggen, die sagten: „Kommen euch zu Hilfe!“

In einer halben Stunde war der Dampfer querab in Luv in Rufweite und rollte leicht mit abgestoppten

Maschinen. Wir verloren alle Fassung und brüllten vor Aufregung im Chor hinüber: „Wir sind in die Luft geflogen !“ Ein Mann auf der Brücke, in weißem Tropenhelm, rief zurück: „Ja, schon recht! schon recht!“ nickte mit dem Kopf, lächelte und winkte uns beruhigend zu, wie einer Schar aufgeregter Kinder. Ein Boot ging zu Wasser und kam unter langen Riemen auf uns zu. Vier Kalaschen ruderten in langen, taktfesten Schlägen. Es war das erste Mal, daß ich malaiische Seeleute sah. Seither habe ich sie kennengelernt; was mich aber damals überraschte, war ihre Gleichgültigkeit: sie kamen längsseits, und sogar der Mann im Bug, der aufrecht stand und sich mit dem Bootshaken an unserer Kette festhielt, schien es unter seiner Würde zu finden, den Kopf zu heben und einen

Blick zu uns herüberzuwerfen. Mir schien es damals, als würden Leute, die in die Luft geflogen waren, mehr Beachtung verdienen.

Ein kleiner Mann, klapperdürr und behend wie ein Affe, kletterte herauf. Es war der Erste Offizier des Dampfers. Er warf einen Blick in die Runde und rief: „He, Jungs, gebt es besser auf!“

Wir schwiegen. Er sprach eine Zeitlang abseits mit dem Kapitän, schien ihn überzeugen zu wollen. Dann fuhren sie miteinander zu dem Dampfer hinüber.

Als unser Schiffer zurückkam, erfuhren wir, daß der Dampfer die *Sommerville* war, Kapitän Nash, mit Post von Westaustralien via Batavia nach Singapore unterwegs, und daß die Abmachungen dahin gingen, die *Sommerville* sollte uns, wenn möglich, nach Anjer oder Batavia schleppen, wo wir das Feuer durch Anbohrung löschen könnten, um dann die Weiterreise wieder aufzunehmen – nach Bangkok! – Der alte Mann schien erregt. „Wir schaffen es schon noch“, sagte er wild entschlossen zu Mahon. Dabei hob er die Faust gegen den Himmel. Niemand sonst sagte ein Wort.

Gegen Mittag begann der Dampfer zu schleppen, ging schlank und hoch voran, und was von der *Judea* noch übrig war, folgte am Ende von siebzig Faden Schlepptau – folgte eilig, wie eine Rauchwolke, aus der oben die Mastspitzen hervorsahen. Wir gingen in die Takelung, um die Segel zu beschlagen. Wir husteten auf den Rahen, waren aber sehr gewissenhaft bei der

Arbeit. Könnt ihr euch vorstellen, wie wir dort oben mit größter Sorgfalt die Segel dieses Schiffes festmachten, dem es vom Schicksal bestimmt war, nirgends mehr anzukommen? Nicht einer war unter uns, der nicht jeden Augenblick erwartete, daß die Masten über Bord gehen würden. Von oben konnten wir vor lauter Rauch das Schiff nicht sehen und arbeiteten doch peinlich genau und handhabten das Beschlagzeising gleichmäßig. „Saubere Arbeit, ihr dort oben“, rief Mahon von unten herauf. Versteht ihr das? Ich glaube nicht, daß einer von uns dort oben erwartete, auf die übliche Weise hinunterzukommen. Als das schließlich doch geschah, hörte ich die Leute untereinander sagen: „Nun, ich dachte, wir würden in einem Haufen über Bord gehen, Masten und alles durcheinander – Gott strafe mich, wenn ich das nicht dachte!" – „Gerade das habe ich mir auch gedacht", gab dann eine andere zerlumpte und verbundene Vogelscheuche müde zurück. Und bedenkt auch, daß das Leute waren, denen der blinde Gehorsam nicht eingedrillt war. Einem unbeteiligten Zuschauer mußten sie als eine Horde gewöhnlicher Lumpen erscheinen. Was brachte sie zu diesen Leistungen – was brachte sie dazu, mir zu gehorchen, wenn ich, im klaren Bewußtsein, wie erfreulich das war, sie die Bucht des Focksegels zweimal lösen ließ, damit sie es noch besser machten? Was? Sie hatten keine Berufsehre – keine Vorbilder – keinen Ruhm. Es war auch nicht Pflichtgefühl; sie alle wußten gut genug zu faulenzen, sich um die Arbeit zu drücken und herumzulungern, wenn es ihnen so paßte – und das war meistens der Fall. Waren es die zweieinhalb Pfund im Monat, die sie dazu brachten? Sie alle hielten ihren Lohn bei weitem nicht für hoch genug. Nein, es war wohl etwas in ihnen, etwas, das ihnen angeboren und nicht umzubringen war: die Anlage zum Guten oder zum Bösen, die den Rassenunterschied ausmacht und das Schicksal der Völker bestimmt.

In jener Nacht um zehn Uhr war es, daß wir zum erstenmal, seit wir es bekämpften, das Feuer sahen. Die rasche Fahrt im Schlepptau hatte den glimmenden Brand hellauf angefacht. Vorne leuchtete ein blauer Schein auf, durch die Trümmer des Decks hindurch. Er blakte da und dort auf, schien zu wandern wie das Licht eines

Glühwürmchens. Ich bemerkte es zuerst und teilte es Mahon mit. „Dann ist das Spiel aus“, sagte der. „Wir sollten lieber das Schleppen sein lassen, sonst werden plötzlich vorne und achtern die Flammen hochschlagen, bevor wir uns davonmachen können!“ Wir erhoben ein Gebrüll, läuteten Glocken, um die Aufmerksamkeit der anderen zu erregen; die schleppten weiter. Schließlich mußten Mahon und ich nach vorne kriechen und das Schlepptau mit einer Axt kappen. Es war keine Zeit mehr, die Taue loszuwerfen. Als wir uns kriechend unseren Weg zum Hüttendeck suchten, konnten wir sehen, wie rote Zungen an den Holztrümmern unter unseren Füßen leckten.

Natürlich kamen die im Dampfer sehr bald darauf, daß das Tau los war. Die

Dampfpfeife schrillte, man sah die Seitenlichter einen weiten Kreis beschreiben, dann kam der Dampfer längsseits und stoppte. Wir alle standen in einer dichten Gruppe auf der Hütte und sahen ihm zu. Jeder Mann hatte ein kleines Bündel oder einen Reisesack gerettet. Plötzlich schoß eine kegelförmige Flamme mit doppelter Spitze vorne hoch und warf ein breites Licht über die schwarze See und die zwei Schiffe, die eng nebeneinander leise rollten. Kapitän Beard war lange Stunden still und stumm auf dem Lattenrost vor dem Steuerrad gesessen, jetzt aber erhob er sich langsam und trat vor uns hin an die Besanwanten. Kapitän Nash rief: „Kommt herüber, eilt euch! Ich habe Postbeutel an Bord. Ich will euch und eure Boote nach Singapore mitnehmen."

„Danke, nein", sagte unser Schiffer, „wir müssen das Ende des Schiffes mit ansehen."

„Ich kann nicht länger hier bleiben", rief der andere. „Post, Sie wissen ja!"

„Ja, ja! Uns geht es ganz leidlich."

„Na, dann schön! Ich will euch in Singapore melden... Lebt wohl!" Er schwenkte die Hand. Unsere Leute setzten die Bündel langsam nieder. Der Dampfer fuhr an, verließ den Lichtkreis und verschwand uns sofort aus den Augen, die durch das hellbrennende Feuer geblendet waren. Und dann wußte ich, daß ich den Osten zum ersten Male als Befehlshaber eines kleinen Bootes sehen würde. Das kam mir herrlich vor;

auch die Treue gegen das alte Schiff war herrlich. Wir sollten sein Ende mit ansehen. O Jugend mit deinem Feuer, das, blendender noch als die Flammen des brennenden Schiffs, ein Zauberlicht über die weite Erde wirft, kühn himmelan loht, um endlich doch durch die Zeit gelöscht zu werden, die grausamer, erbarmungsloser, bitterer ist als die See.

Der alte Mann machte uns in seiner liebenswürdigen und unbeugsamen Art darauf aufmerksam, daß es einen Teil unserer Dienstpflichten bildete, für die Versicherung möglichst viel von der Ausrüstung des Schiffes zu retten. Demgemäß gingen wir also achtern an die Arbeit, während das Schiff vorne hell genug brannte, um uns dazu zu leuchten. Wir schleppten eine Menge Gerümpel heraus. Was retteten wir nicht alles! Ein altes Barometer, das mit einer unsinnigen Menge von Schrauben festgemacht war, kostete mir fast das Leben: plötzlich stieß mir eine Rauchwolke entgegen, und ich konnte mich gerade noch davonmachen. Es gab verschiedene Vorräte, Segeltuchballen und Tauwerksrollen; auf der Hütte sah es aus wie in einem Marinebazar, und die Boote waren bis zum Dollbord vollgestaut. Man hätte meinen können, daß der alte Mann soviel wie möglich von diesem seinem ersten Kommando mit sich nehmen wollte. Er war sehr, sehr ruhig, aber doch offenbar aus dem Gleichgewicht. Es war kaum zu glauben, er wollte ein Stück alte Stromankerkette und einen Warpanker in das Langboot mitnehmen. Wir sagten ehrfürchtig: „Zu

Befehl, Sir“, und ließen dann das Zeug heimlich über Bord fallen. Der schwere Arzneikasten nahm den gleichen Weg, zwei Ballen grüner Kaffee, Blechbüchsen mit Farbe – stellt euch vor, Farbe! – und noch eine Menge anderes. Dann wurde ich mit zwei Leuten in die Boote hinuntergeschickt, um alles zu verstauen und die Boote für den Augenblick klarzumachen, wenn es für uns an der Zeit sein würde, das Schiff zu verlassen.

Wir brachten alles in Ordnung, fierten für unseren Schiffer, der den Befehl über das Langboot übernehmen sollte, den Mast des Langbootes in die Spur, und dann war ich ganz einverstanden, als ich mich einen Augenblick hinsetzen konnte. Mein Gesicht fühlte sich rauh an, jedes Glied schmerzte mich, als wäre es gebrochen, ich spürte alle meine Rippen und hätte schwören mögen, daß ich einen Knoten im Rückgrat hätte. Die Boote lagen ganz achtern im tiefsten Schatten, und ringsum konnte ich die See in weitem Umkreis vom Feuer erleuchtet sehen. Vorne stieg eine ungeheure Flamme gerade und klar in die Luft. Sie lohte mächtig, mit einem Geräusch, bald wie von schlagenden Schwingen, bald wie von fernem Donner. Dazwischen gab es ein Krachen und Knallen, und aus dem Flammenkegel flogen die Funken himmelan. Denn zur Mühsal ist der Mensch geboren, zur Arbeit auf lecken Schiffen und auf Schiffen, die brennen.

Was mich ärgerte, war, daß das Schiff mit der Breitseite zu der Dünung und dem bißchen Wind lag – kaum einem Lufthauch – und daß die Boote nicht achtern bleiben wollten, wo sie sicher waren, sondern in einer querköpfigen Art, wie sie Boote oft haben, darauf bestanden, unter der Gillung durchzugehen und längsseits zu treiben. Sie stießen einander gefährlich herum und kamen der Flamme immer wieder nahe, während über ihnen das Schiff rollte und natürlich unaufhörlich zu befürchten war, daß die Masten über Bord gehen würden. Ich hielt sie mit meinen beiden Leuten klar so gut es ging, mit Riemen und Bootshaken; aber es war geradezu aufreizend, unaufhörlich dahinter bleiben zu müssen, da es ja keinen ersichtlichen Grund gab, warum wir nicht augenblicklich hätten abfahren sollen. Wir konnten die an Bord nicht sehen, noch konnten wir uns vorstellen, was die Ursache der Verzögerung sein mochte. Meine Leute fluchten leise, und ich hatte zu meinem Teil der Arbeit noch die Aufgabe, zwei Leute anzutreiben, die ständig Neigung zeigten, sich hinzulegen und den Dingen ihren Lauf zu lassen.

Schließlich rief ich hinauf: „Ihr dort, an Bord!“ und jemand sah über die Reling. „Wir sind fertig hier“, sagte ich. Der Kopf verschwand, tauchte aber sofort wieder auf: „Der Kapitän sagt, schon recht, Sir, und Sie möchten die Boote gut klar vom Schiff halten!“

Eine halbe Stunde verging. Plötzlich gab es ein schauerliches Getöse, Klirren und Kettengerassel, ein Aufzischen des Wassers, während Millionen von Funken durch die wabernde Rauchsäule hinaufflogen, die schräg über dem Schiff stand. Die Kranbalken waren durchgebrannt und die beiden rotglühenden Anker zu Wasser gegangen und hatten zweihundert Faden rotglühender Kette hinter sich dreingerissen. Das Schiff erzitterte, die Flamme zuckte, als wollte sie in sich zusammensinken, und die Bramstenge fiel. Sie flitzte herunter wie ein feuriger Pfeil, schoß unter Wasser, sprang unmittelbar darauf, keine Riemenlänge weit von den Booten weg, wieder hoch und schwamm dann ruhig dahin, ganz schwarz auf der erleuchteten See. Ich rief die an Bord nochmals an. Nach einiger Zeit teilte mir ein Mann in einem unerwartet freundlichen, aber auch dumpfen Ton mit (als hätte er versucht, mit geschlossenem Munde zu sprechen): „Wir kommen im Augenblick, Sir", und verschwand. Während einer langen Zeit hörte ich nichts als das Schwirren und Dröhnen des Feuers. Die Boote tanzten, zerrten an den Fangleinen, rannten aneinander wie im Spiel oder schwangen, wir konnten tun, was wir wollten, in einem Klumpen gegen die Breitseite des Schiffes. Ich konnte es nicht länger aushalten, kletterte ein Tau hoch und schwang mich über die Heckreling.

Das Achterdeck war taghell erleuchtet. Als ich so plötzlich hinaufkam und den Flammenherd gerade vor mir hatte, war der Anblick wirklich erschreckend, und die Hitze schien im ersten Augenblick kaum zu ertragen. Auf einem Sofapolster, das man aus der Kajüte geholt hatte, lag Kapitän Beard, die Beine hochgezogen und einen Arm unter dem Kopf, und schlief, während die Feuerlichter ihn umspielten. Und wißt ihr, womit sich der Rest der Leute beschäftigte? Sie saßen achtern um eine offene Kiste herum, aßen Brot und Käse und tranken Flaschenbier.

Vor dem Hintergrund von lodernden Flammen, die über ihren Köpfen züngelten, schienen sie sich kreuzwohl zu fühlen, wie Salamander, und sahen dabei aus wie eine Horde verzweifelter Piraten. Das Feuer spiegelte sich im Weißen ihrer Augen oder in Flecken weißer Haut, die durch zerrissene Hemden zu sehen waren. Jeder hatte Merkmale an sich wie von einer Schlacht – es gab verbundene Köpfe, Arme in der Schlinge, einen schmierigen Fetzen um ein Knie – und jeder Mann hatte eine Flasche zwischen den Beinen und ein Stück Käse in der Hand. Mahon stand auf. Mit seinem gutgeschnittenen, wilden Gesicht, dem hakigen Profil, dem langen weißen Bart und mit einer entkorkten Flasche in der Hand sah er wie einer der tollen Seeräuber alter Zeiten aus, die es sich mitten unter Gewalt und Verwüstung gut gehen ließen. „Die letzte Mahlzeit an Bord“, erklärte er feierlich. „Wir hatten den ganzen Tag nichts zu essen, und es schien sinnlos, dies alles zurückzulassen.“ Er deutete mit der Flasche auf den schlafenden Kapitän und fuhr fort: „Meinte, er könnte nichts hinunterbringen, und so redete ich ihm zu, sich hinzulegen.“ Und als ich ihn anstarrte, fügte er hinzu: „Ich weiß nicht, ob Sie sich im klaren darüber sind, junger Herr, daß der Mann seit Tagen kaum nennenswert geschlafen hat – und in den Booten wird verdammt wenig Zeit zum Schlafen sein.“ – „Es wird auch bald keine Boote mehr geben, wenn ihr noch lange herumzieht“, sagte ich entrüstet. Ich ging zu dem Schiffer hin und rüttelte ihn an der Schulter. Endlich schlug er die Augen auf, rührte sich aber nicht. „Zeit, abzufahren, Sir“, sagte ich halblaut.

Er richtete sich mühsam auf, sah nach den Flammen, nach der See, die rings um das Schiff leuchtend klar und weiter weg tiefschwarz dalag, nach den Sternen, die trüb durch einen dünnen Rauchschleier schienen, aus einem Himmel, schwarz wie der Erebus. „Die Jüngsten zuerst“, sagte er.

Der Leichtmatrose wischte sich mit dem Handrücken über den Mund, stand auf, kletterte über die Heckreling und verschwand. Andere folgten. Einer hielt mitten im Hinübersteigen inne, trank seine Flasche aus, schleuderte sie mit aller Gewalt ins Feuer und schrie dazu: „Da, nimm das!“

Der Schiffer drückte sich trostlos herum, und wir ließen ihm eine Weile Zeit, um von seinem ersten Kommando Abschied zu nehmen. Dann ging ich nochmals hinauf und brachte ihn schließlich dazu, aufzubrechen. Es war höchste Zeit. Das Eisenzeug auf der Hütte fühlte sich schon heiß an.

Dann wurde die Fangleine des Langbootes gekappt, und die drei Boote trieben aneinandergehängt vom Schiff klar. Es war gerade sechzehn Stunden nach der Explosion, als wir abfuhren. Mahon hatte den Befehl über das zweite Boot, und ich hatte das kleinste, das Vierzehn-Fuß-Ding. Das Langboot hätte für uns alle reichlich Raum gehabt; aber der Schiffer sagte, wir müßten soviel wie möglich – für die Versicherung – retten, und so kam ich zu meinem ersten Kommando. Ich hatte zwei Leute bei mir, ein Paket Zwieback, ein paar Büchsen mit Fleisch und ein kleines Faß mit Wasser. Ich erhielt den Befehl, mich hart beim Langboot zu halten, damit wir von diesem bei schlechtem Wetter aufgenommen werden könnten.

Und wißt ihr, was ich dachte? Ich dachte daran, daß ich mich möglichst rasch aus dem Staube machen würde. Ich wollte mein erstes Kommando ganz für mich allein haben, ich wollte nicht im Geschwader fahren, solange es eine Möglichkeit zu selbständigem Kreuzen gab. Ich wollte ganz für mich allein landen. Ich wollte die anderen Boote schlagen. Jugend, alles Jugend, die törichte, herrliche, schöne Jugend.

Wir fuhren aber doch nicht gleich los. Wir mußten das Ende des Schiffes sehen. Und so trieben die Boote die Nacht über herum, hoben und senkten sich mit der Dünung. Die Leute dösten, wachten auf, seufzten und stöhnten. Ich sah nach dem brennenden Schiff. Zwischen der tiefen Schwärze des Himmels und der See brannte die Bark mitten in einem purpurnen Feuerkreis auf dem unheimlich glitzernden Wasser. Eine hohe, klare Flamme, eine ungeheure, einsame Flamme stieg vom Ozean empor, und von ihrem Gipfel kräuselte sich unaufhörlich der Rauch in den Himmel. Die Bark stand in hellen Flammen und brannte ehrfurchtgebietend wie ein Scheiterhaufen in der Nacht, umgeben von der See, von den Sternen gehütet. Ein herrlicher Tod war, wie eine Gnade, wie ein Geschenk, wie ein Lohn, dem alten Schiff am Ende arbeitsreicher Tage beschieden worden. Es war ergreifend, anzusehen, wie die Bark triumphierend ihre müde Seele der Obhut der Sterne und der See übergab. Die Masten stürzten gerade bei Tagesanbruch, und einen Augenblick lang gab es einen wilden Funkenregen, der die geduldige und wachsame Nacht, die weite Nacht, die schweigend über der See lag, mit fliegendem Feuer zu erfüllen schien. Bei Tageslicht war die Bark nur noch ein verkohltes Wrack, das still unter einer Rauchwolke hintrieb und einen Haufen glühender Kohle in sich trug.

Dann legten wir die Riemen ein, die Boote reihten sich in Linie und fuhren rings um die verkohlten Überreste wie in einer Prozession herum, das Langboot voran. Als wir hinter ihrem Heck vorbeipullten, schoß eine schmale Feuerzunge giftig auf uns zu. Und plötzlich ging die Bark unter, Kopf voran, unter wütendem Aufzischen der See. Das unversehrte Heck sank zuletzt; aber die Malerei war vergangen, geschmolzen und abgeblättert; und so gab es keine Buchstaben, kein Wort, keinen Wahlspruch mehr, der der Seele des Schiffes glich, um der aufgehenden Sonne Namen und Art entgegenzuhalten.

Wir nahmen Kurs nach Norden. Eine Brise sprang auf, und um Mittag herum kamen alle Boote zum letzten Male zusammen. Ich hatte in dem meinen weder Mast noch Segel, aber ich machte mir einen Mast aus dem Reserveriemen und hißte ein Sonnensegel, mit einem Bootshaken als Rahe. Das Boot war sicherlich übermastet, doch hatte ich die tröstliche Gewißheit, daß ich mit dem Wind aus achtern die anderen beiden Boote schlagen würde. Ich mußte auf sie warten. Dann sahen wir uns alle des Kapitäns Karte an und empfingen nach einem gemeinsamen Mahl aus hartem Brot und Wasser unsere letzten Befehle. Sie waren einfach genug: nach Norden halten und soviel wie möglich zusammenbleiben. „Seien Sie vorsichtig mit Ihrer Nottakelung, Marlow", sagte der Kapitän; und Mahon rümpfte, als ich stolz an ihm vorbeisegelte, seine Adlernase und rief herüber: „Sie werden Ihr Schiff da unter Wasser segeln, wenn Sie nicht aufpassen, junger Herr!" Er war ein boshafter alter Mann – mag die

Tiefsee, wo er nun schläft, ihn sanft und zärtlich wiegen bis ans Ende der Zeit.

Vor Sonnenuntergang ging ein starker Regenschauer über die beiden Boote weg, die weit zurücklagen; und das war für lange Zeit das letzte, was ich von ihnen sah. Den nächsten Tag über saß ich am Steuer meiner Nußschale – mein erstes Kommando – mit nichts als Wasser und Himmel rings um mich. Am Nachmittag sichtete ich die Toppsegel eines Schiffes weitab, sagte aber nichts, und meine Leute bemerkten sie nicht. Ich hatte Angst, das Schiff könnte nach der Heimat bestimmt sein, müßt ihr wissen, und hatte keine Lust, vor der Tür zum Osten umzukehren. Ich hielt auf Java zu. Ein ebenso gesegneter Name wie Bangkok. Ich steuerte viele Tage.

Ich brauche es euch nicht zu sagen, was es heißt, sich in einem offenen Boot herumzutreiben. Ich erinnere mich an Nächte und Tage völliger Windstille, wo wir ruderten und ruderten und das Boot wie behext still zu liegen schien, mitten im Kreis des weiten Seehorizontes. Ich erinnere mich an die Hitze, an die Sintflut der Regenschauer, die uns zu verzweifeltem Schöpfen zwang (aber unser Wasserfaß füllte), und ich erinnere mich an die letzten sechzehn Stunden mit völlig ausgetrocknetem Munde, ein Ruder über Heck ausgelegt, um gegen anlaufende See Kurs halten zu können. Bis dahin hatte ich nicht gewußt, was für ein tüchtiger Kerl ich war. Ich erinnere mich noch an die müden, niedergeschlagenen Gesichter meiner beiden Leute, und ich erinnere mich noch an meine Jugend und das Gefühl, das niemals wiederkehren wird – das Gefühl, daß ich endlos aushalten würde, alles überdauern, die See, die Erde und alle Menschen; das trügerische Gefühl, das uns zu Freuden, zu Gefahren, zur Liebe lockt, zu sinnloser Anstrengung – zum Tod; das frohlockende Bewußtsein der Kraft, des blühenden Lebens in dieser Handvoll Staub, der Flamme im Herzen, die mit jedem Jahr trüber brennt, kleiner wird, an Hitze verliert, und auslöscht – auslöscht, zu bald, zu bald – früher noch als das Leben selbst.

Und so sehe ich den Osten. Ich bin in sein Geheimnis eingedrungen, habe einen Blick in die Tiefe seiner Seele getan; aber bis heute sehe ich ihn immer noch von einem kleinen Boot aus, eine Kette hoher Berge, blau, weit weg im

Morgenlicht; wie dünner Nebel um Mittag; ein zackiger, purpurner Wall bei Sonnenuntergang. Ich fühle noch das Ruder in meiner Hand, das blendende Flimmern der See in meinen Augen. Und ich sehe eine weite Bai, glatt wie Glas, glitzernd wie Eis durch das Dunkel glänzen. Ein rotes Licht brennt weit weg im Finstern des Landes, und die Nacht ist lind und warm. Wir ziehen mit zerschlagenen Armen an den Riemen, und plötzlich springt ein Windhauch aus der stillen Nacht auf, leise und warm und mit fremden Düften beladen, von Blüten und wohlriechenden Hölzern – der erste Hauch des Ostens in mein Gesicht. Das kann ich nie vergessen. Es war unfaßbar und bezaubernd wie eine Feengabe, wie eine geflüsterte Verheißung geheimen Entzückens.

Wir hatten dieses letzte Stück elf Stunden lang gerudert. Zwei ruderten, und der, der gerade zum Rasten an der Reihe war, saß am Steuer. Wir hatten das rote Licht in der Bai gesichtet und darauf zugehalten, in der Annahme, daß es wohl einen kleinen Küstenhafen bezeichnen müßte. Wir kamen an zwei Schiffen vorbei – fremdländisch, mit hohem Heck – die vor Anker schliefen, und während wir uns dem Licht näherten, das nun recht trüb schien, rannten wir mit dem Bootsbug gegen einen vorspringenden Quai. Wir waren blind vor Übermüdung. Meine Leute ließen die Riemen fahren und fielen und rutschten wie tot von den Ruderbänken herunter. Ich legte an einem Pfosten an. Die See kräuselte sich unter einer leichten Strömung. Das duftende Dunkel der Küste türmte sich stumm, phantastisch, in großen Maßen, einem Riesenwuchs wuchernder Vegetation. Der kleine Halbkreis des Strandes an ihrem Fuß erglänzte schwach wie ein Trugbild. Es gab kein Licht, keine Regung, keinen Laut. Der geheimnisvolle Osten lag vor mir, duftend wie eine Blume, stumm wie der Tod, schwarz wie das Grab.

Und ich saß da, müde über jeden Begriff, frohlockend wie ein Eroberer, schlaflos und wie gebannt vor einem tiefen, schicksalhaften Rätsel.

Das Klatschen von Ruderschlägen, die taktfest auf der Wasserfläche widerhallten und gegen das Schweigen des Ufers doppelt laut wirkten, ließ mich auffahren. Ein Boot, ein europäisches Boot kam herein. Ich rief die Namen der

Toten auf, rief „Judea, ahoi!“ Ein schwacher Laut antwortete.

Es war der Kapitän. Ich hatte das Flaggschiff um drei Stunden geschlagen und war froh, die Stimme des alten Mannes wieder zu hören, zitternd und müde. „Sind Sie das, Marlow?“ – „Passen Sie auf das Ende des Quais da auf“, schrie ich.

Er näherte sich vorsichtig und machte mit der Tiefseelotleine fest, die wir (für die Versicherung) gerettet hatten. Ich ließ meine Fangleine etwas nach und legte mich neben ihn. Er saß ganz gebrochen im Heck, durch und durch naß vom Tau, die Hände im Schoß gefaltet. Seine Leute schliefen schon. „Ich habe eine böse Zeit mitgemacht“, murmelte er. „Mahon ist hinter uns, nicht sehr weit weg.“ Wir unterhielten uns im leisesten Flüsterton, als hätten wir uns gefürchtet, das Land aufzuwecken. Kanonenschüsse, Donner und Erdbeben hätten es damals nicht vermocht, unsere Leute im Schlaf zu stören.

Während wir sprachen, sah ich mich um und erblickte weit weg ein helles Licht, das durch die Nacht wanderte. „Da fährt ein Dampfer an der Bai vorbei“, sagte ich. Er fuhr aber nicht vorbei, sondern fuhr herein, kam sogar ganz nahe und ging vor Anker. „Ich möchte“, sagte der alte Mann, „daß Sie herausbringen, ob es ein Engländer ist. Vielleicht könnte er uns irgend wohin mitnehmen.“ Er schien es übertrieben eilig zu haben, und so zwickte und stieß ich an einem meiner Leute herum, bis ich ihn in eine Art Wachtraum gebracht hatte, gab ihm ein Ruder in die Hand, nahm selbst das andere und hielt auf die Lichter des Dampfers zu.

Stimmen, Gemurmel klang daraus, das Dröhnen von Metall aus dem Maschinenraum, Schritte auf Deck. Die Stückpforten leuchteten wie weit offene Augen. Schatten glitten umher, und hoch auf der Brücke sah man schattenhaft einen Mann stehen. Er hörte meine Ruderschläge.

Und dann sprach, bevor ich noch den Mund auftun konnte, der Osten zu mir, doch es geschah in einer westlichen Stimme. Ein Wildbach von Worten strömte in das rätselhafte, schicksalschwere Schweigen hinaus; fremdländische, ärgerliche Worte, mit Worten und ganzen Sätzen in gutem Englisch untermischt, die zwar weniger fremdartig, jedoch noch überraschender klangen. Die Stimme fluchte und wetterte heftig. Der feierliche Friede der Bai verflog unter dem Schnellfeuer von Schimpfworten. Es begann damit, daß ich ein Schwein genannt wurde, und steigerte sich von da an bis zu unaussprechlichen Beiworten. – Auf englisch. Der Mann dort oben tobte laut in zwei Sprachen und mit einer Unbefangenheit in seiner Wut, die mich fast davon überzeugte, daß ich mich auf irgendeine Weise gegen die Harmonie des Alls vergangen hatte. Ich konnte den Menschen kaum sehen, begann aber zu fürchten, er würde sich in Krämpfe hineinsteigern. Plötzlich brach er ab, und ich konnte hören, wie er wie ein Meerschwein schnarchte und pustete. Ich sagte: „Was für ein Dampfer ist das, bitte?“

„Wie, was ist das? Und wer sind Sie?“

„Schiffbrüchige Besatzung einer englischen Bark, die auf offener See verbrannt ist. Wir sind heute nacht hier angekommen. Ich bin der Zweite Offizier. Der Kapitän ist im Langboot und wünscht zu wissen, ob Sie uns irgendwohin mitnehmen könnten!“

„Oh, du meine Güte! Ich sag's ja!... Dies ist die *Celestial* aus Singapore, auf der Heimreise. Ich will morgen früh mit Ihrem Kapitän alles ausmachen... und... na ja... haben Sie mich eben vorhin gehört?“

„ Ich nehme an, daß die ganze Bai Sie gehört hat.“

„ Ich hielt Sie für ein Boot vom Lande. Nun sehen Sie sich doch an – der verteufelte, faule Schuft von einem

Wärter ist wieder schlafen gegangen. – Fluch über ihn! Das Licht ist aus, und ich wäre um ein Haar gegen das Ende dieses verdammten Quais hier gerannt. Das ist das drittemal, daß er mir den Streich spielt. Nun frage ich Sie, kann irgend jemand so etwas ertragen? Das ist doch wohl genug, um jeden Mann um den Verstand zu bringen? Ich will den Burschen anzeigen. Ich will den Regierungsvertreter dazu bringen, daß er ihn zum Teufel jagt. Beim...! Sehen Sie doch – es ist kein Licht da! Ausgegangen, oder? Ich nehme Sie zum Zeugen, daß das Licht ausgegangen ist. Es sollte ein Licht da sein, müssen Sie wissen, ein rotes Licht auf –“

„Es war auch ein Licht da“, bemerkte ich mild.

„Aber es ist ausgegangen, Mensch! Was soll es für einen Wert haben, so herumzureden. Sie können ja selbst sehen, daß es ausgegangen ist, oder nicht? Wenn Sie einen wertvollen Dampfer an dieser gottverlassenen Küste entlangzuführen hätten, dann würden auch Sie ein Licht verlangen! Ich will den Burschen vom einen Ende seines elenden Quais bis zum anderen prügeln. Sie sollen sehen, ob ich das nicht tue. Ich will…“

„Ich darf also meinem Kapitän melden, daß Sie uns aufnehmen wollen“ unterbrach ich ihn.

„Jawohl, ich will Sie aufnehmen. Gute Nacht!“ sagte er unvermittelt.

Ich ruderte zurück, machte wieder am Quai fest und konnte dann endlich schlafen. Ich war dem Schweigen des Ostens gegenübergestanden. Ich hatte einiges von seiner Sprache gehört. Doch als ich meine Augen wieder aufschlug, war das Schweigen so vollkommen, als wäre es nie gebrochen worden. Ich lag in einem Meer von Licht, und nie zuvor war mir der Himmel so fern, so hoch erschienen. Ich öffnete die Augen und lag reglos.

Und dann sah ich die Männer des Ostens – sie sahen mich an. Die ganze Länge des Quais war voll von Menschen. Ich sah braune, bronzefarbene, gelbe Gesichter, die schwarzen Augen, die glitzernde Buntheit einer östlichen Menge. – Und alle diese Wesen starrten ohne Murmeln, ohne einen Seufzer – ohne eine Bewegung nach mir. Sie starrten in die Boote hinunter, auf die schlafenden Männer, die während der Nacht von der See her zu ihnen gekommen waren. Nichts rührte sich. Die Palmenwedel standen still gegen den Himmel. Kein Zweig regte sich längs des Ufers, und die braunen Dächer verborgener Häuser lugten durch das grüne Laubwerk, durch die großen Blätter, die glänzend und still dahingen, als wären sie aus schwerem Metall geschmiedet. Das war der Osten, wie er den Seefahrern alter Zeiten erschienen sein mochte, so alt und geheimnisvoll, prächtig und düster, unverändert lebendig, voller Gefahr und Lockung. Und das waren die Menschen. Ich setzte mich mit einem Ruck auf. Eine Welle von Bewegung lief durch die Menge, über die Köpfe weg, schüttelte die Körper, lief den Quai entlang, in einem Wasserkräuseln, wie ein Windhauch über ein Feld – und alles war wieder reglos. Ich sehe es noch vor mir – den weiten Bogen der Bai, den leuchtenden Sand, die zahllosen Abstufungen von Grün, die See, blau wie ein Märchenmeer, die Menge aufmerksamer Gesichter, die vielen grellen Farben – das Wasser, das all das widerspiegelte, die Krümmung des Ufers, den Quai, das ausländische Fahrzeug mit dem hohen Heck und die drei Boote mit den müden westlichen Männern, die reglos schliefen, unbekümmert um das Land, die Leute und den heftigen Sonnenschein. Sie schliefen, quer über den Ruderbänken liegend, oder auf dem Bootsboden zusammengekrümmt, wie Tote. Dem alten Schiffer, der im Heck des Langboots lehnte, war der Kopf auf die Brust gesunken, und er sah aus, als wollte er nie wieder erwachen. Etwas weiter weg hielt der alte Mahon sein Gesicht dem Himmel zugekehrt, den langen weißen Bart über die Brust gebreitet, als wäre er dort am Steuerruder erschossen worden; und ein Mann schlief im Bug des Bootes zusammengekauert, hielt mit beiden Armen den Stevenlauf umfaßt und lehnte die Wange gegen das Dollbord. Der Osten blickte lautlos auf sie herab.

Ich habe seither seinen ganzen Zauber kennengelernt. Ich habe die geheimnisvollen Ufer gesehen, die stillen Wasser, die Länder der braunen Völker, wo eine tückische Nemesis auf der Lauer liegt und viele der Eroberer verfolgt und zur Strecke bringt, so viele, die stolz sind auf ihre Weisheit, auf ihr Wissen und auf ihre Kraft. Und doch liegt für mich der ganze Osten beschlossen in jenem ersten

Anblick meiner Jugend. Für mich liegt er ganz im Augenblick, da ich meine jungen Augen zu ihm aufschlug. Ich kam zu ihm aus dem Kampf mit der See – und ich war jung – und sah, wie er mir ins Gesicht schaute. Und das ist alles, was mir davon geblieben ist; ein Augenblick, ein Augenblick der Kraft, der romantischen Verklärung – der Jugend!... Ein kurzer Sonnenstrahl auf einem fremden Ufer, die Zeit für eine Erinnerung, für einen Seufzer und – Lebewohl! – Nacht – Lebewohl!..."

Er trank.

„Oh, die gute alte Zeit, die gute alte Zeit – Jugend – und die See. Aller Zauber und die See! Die gute, starke See, die salzige, bittere See, die einem zuflüstern konnte, einem ins Gesicht brüllen und den Atem rauben!"

Er trank wieder.

„Es gibt nichts Herrlicheres als die See, finde ich, die See allein – oder macht es nur die Jugend? Wer kann es sagen? Doch ihr hier – ihr alle habt etwas vom Leben gehabt, Geld, Liebe – was immer man an Land erreicht – und, sagt mir, war es nicht die schönste Zeit, damals, als wir jung auf See waren? Jung waren und nichts besaßen, auf der See, die nichts gibt, außer harten Schlägen und mitunter einer Gelegenheit, sich der eigenen Kraft bewußt zu werden; ist es nicht das allein, was ihr alle bedauert?“

Und wir alle nickten ihm zu. Der Finanzmann, der Buchhalter, der Rechtsanwalt, wir alle nickten ihm zu, über den polierten Tisch weg, der wie eine stille braune Wasserfläche unsere runzeligen, faltigen Gesichter widerspiegelte; unsere Gesichter, die durch Arbeit, Enttäuschungen, Erfolg und Liebe gezeichnet waren, während unsere müden Augen immer noch, immer noch ängstlich nach etwas jenseits des Lebens ausschauten, das, während es noch ersehnt wird, auch schon verflogen ist – ungesehen, in einem Seufzer, einem Aufblitzen verflogen ist – zugleich mit der Jugend, zugleich mit der Kraft und dem Zauber des Selbstbetruges.